오후의 한때가 오거든 그대여

나남
nanam

나남시선 80

오후의 한때가 오거든 그대여

2010년 12월 15일 발행
2010년 12월 15일 1쇄

지은이_ 김홍섭
발행자_ 趙相浩
발행처_ (주) 나남
주소_ 413-756 경기도 파주시 교하읍
       출판도시 518-4
전화_ (031) 955-4600 (代)
FAX_ (031) 955-4555
등록_ 제 1-71호(79.5.12)
홈페이지_ http://www.nanam.net
전자우편_ post@nanam.net

ISBN 978-89-300-1080-1
ISBN 978-89-300-1069-6 (세트)
책값은 뒤표지에 있습니다.

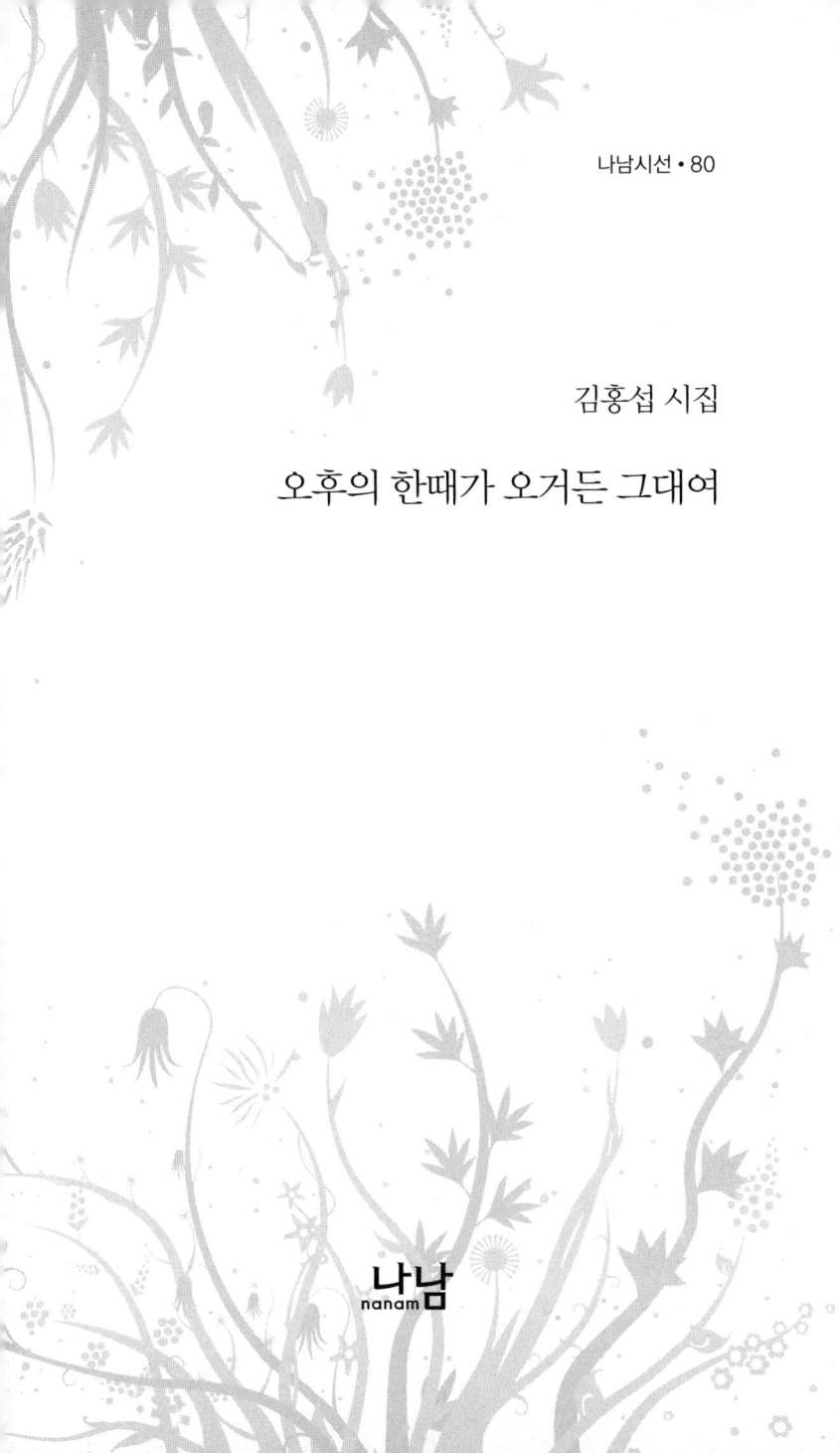

나남시선 • 80

김홍섭 시집

오후의 한때가 오거든 그대여

나남
nanam

평범함 속에 번득이는 시의 빛

이 성 부(시인)

　사람마다 아름다운 사물을 보고 감탄하는 마음이
있듯이, 사람마다 마음속에 시성(詩性)을 간직하고
있음을 나는 믿는다. 이 시성은 때 묻지 않은 어린이
의 마음과도 같은 것이어서, 언제나 맑고 밝고 여리
다. 이 마음을 언어로 빚어 놓았을 때, 우리는 그것
을 시(詩)라 이름 부르고, 그 사람을 시인이라고 부
른다. 그래서 사람들은 모두 다 근본적으로 시인의
속성을 지니는 것이 된다.

　시인 김홍섭 씨 역시 넓게는 '모든 사람이 다 시
인'인 그런 범주 속에 있다. 아니 오히려 그의 첫인
상에서는 너무 평범하고 예의 바르고 사무적이어서,
자유분방한 시의 내음을 맡기가 어려울 정도이다. 대
학에서는 경영학 박사이자 전공 교수이며, 가정에서

는 한 사람의 자상한 가장일 따름이다. 이렇게 평범
하고 모범적인 '보통' 사람인 김홍섭 씨가 오랜 세월
동안 묵혀 온 시의 원고들을 나에게 보여줌으로써,
나는 새삼스럽게 '모든 사람이 다 시인'이라는 명제
를 생각하게 된 것이다. 김홍섭 씨는 평범함 속에서
번득이는 '비범한 힘'을 지닌 시인이라는 것을 나에
게 일깨워 주었기 때문이다.

　　벗은 나뭇가지에 걸린 까치집 위로
　　어둠이 온다

　　붉은 칼로 산이 하늘을 가르면
　　어둠은 산을 앞세우고 길을 떠난다

　　산골에 나지막이 안개가 끼고
　　조촐한 농가에 불이 켜진다

　　어둠은 말갛게 내 육신을 씻으며
　　내 육신은 하나씩
　　벗은 나무가 된다

- 중략 -

나는 오늘도 무겁게 황혼을 보며
두 눈을 부라린다

— 〈겨울 황혼에〉 중에서

젊음은 지금 겨울 녘의 황혼을 단순한 아름다움으로
만 읽지 않는다. '산을 앞세우고 길을 떠나는' 어둠, '말
갛게 내 육신을 씻으며' 벗은 나무가 되는 어둠, 그래서
나의 젊음은 '무겁게 황혼을 보며' 두 눈을 부라릴 뿐이
다. 그 젊음은 노여움일 수도, 슬픔일 수도 외로움일
수도 있으나, 화자는 무엇이라고 꼬집어 말하지는 않는
다. 천구백팔십년대에 청춘의 한 시절을 보낸 젊음들에
서 읽게 되는 공통분모의 하나일지도 모른다.

모든 사람이 다 '사무사'(思無邪)의 마음으로 사물
과 세계를 본다 하더라도, 그 가운데에는 분명 이처
럼 다르면서도 독특한 놀라운 시각이 있기 마련이다.
이런 시각을 가진 이더러 우리는 새삼 '하늘이 내는
재주'라고 말하지 않을 수가 없다. 김홍섭 씨의 작품
들에서 적지 않게 이런 놀라움을 발견할 수 있는 것

은, 앞으로의 우리 문학을 위해 매우 기쁜 일의 하나라고 할 만하다.

김홍섭 씨는 1970년대에 성균관대에 다닐 때부터 문학활동을 시작했으며, 2000년대에 들어 캐나다에 교환교수로 머물면서 본격적으로 작품활동을 해왔다. 2006년 월간 〈문학세계〉 신인상에 당선돼 국내 문단에 이름을 알리기 시작했는데, 뒤늦게 문학활동이 불붙었던 만큼, 앞으로 더욱 치열하고 성실하게 문학적 대성이 있기를 기대한다. 큰 그릇은 나중에 이루어지는 법이다.

나남시선 80

오후의 한때가 오거든 그대여

차 례

9

제2부 아우라지강

제3부 이슬비 내리는 가을 저녁은

1부

오후의 한때가 오거든 그대여

오후의 한때가 오거든 그대여

파란 하늘가로 산이 물러서고
한가히 햇살 내리는
오후의 한때가 오거든
그대여
허름한 외투를 벗고 우리 떠나자

산에 붉게 진달래 타고
희열에 터져 종달새 높이 나르는
오후의 한때가 오거든
그대여
다시는 울지 말자

연약한 다리에라도 힘을 주고
땅을 딛고 서자

누렇게 죽은 대지에
생명이 푸르게 흐르고
여인들의 옷 빛깔이 연해지거든

그대여
소박당한 내 누님의 옛이야기라도
정겹게 들리리라

그대여
푸른 피가 흐르는 젊은 그대여
아이들의 소리가 골목에서
골목으로 소용돌이치는
오후의 한때가 오거든

거리를 물밀어 가는
사람들의 물결 속에서도
단 한 사람의 친지도 만나지 못할지라도
뼈 속에 고인 한이 스밀지라도

미친 듯이 불타는 태양이 머리에 빛나는
오후의 한때가 오거든

그대여
조그만 미소라도 짓자
껄껄껄 웃어라도 보자

찢어지는 아픔의 기다림도
한없이 비워오는 가슴의 공허도
바람을 잡으려는 잎새의 허위도

땅을 표백하듯이 햇살이 내리는
오후의 한때가 오거든
그대여
노루 쫓던 먼 옛날이야기라도 하자
분노의 얼굴로 헤어진 사랑에게 편지라도 쓰자

그대

내 그대
며칠이 지나지 않았는데도
그립다

그대의 목소리만으로는
이메일만으로는
아직도
너무 부족하다
허전하다

기다림은 싫어
밤 그리매 울고 가는
혼자는 너무 싫어

춤도 노래도
홀로는 이제 그만

그대
내 안의 그대

내 눈 동공 속의 그대

내 손이 닿는 곳에
언제나 있는
그대

내 눈길 머무는 곳에
항상 있는
그대

내 영혼이여
내 사랑이여

(2006.2.22)

사랑이여

하얀 면사포의
붉은 뺨의 얼굴이여

포송한 복숭아의 가슴을
푸른 숲 이슬에 뛰노는 암사슴
그대를 사랑이라 한다

눈이 내리고
대숲에 바람이 일고

깊어가는 겨울 산에도
파란 싹이 터져 오르듯

생생한 그대 웃음을
약동하는 힘찬 달음질의 수사슴
그대를 사랑이라 한다

하얀 눈의 진주를
영롱한 별빛의 그대를
사랑이라 한다

세월이 흘러

긴 시간 먼 거리를 방황한 나그네의
젖은 옷자락 사이에 흩날리던
흙 내음의 머리칼 사이로
바람이 불고 비가 내린다

폐혈관 속으로 파고드는
저미는 빗물
빗물에 젖어 흩날리는 낙엽들
그 현란한 춤과 눈물의 한마당

그래
한마당인 것을
저 가을밤에 흩날려 춤추는 잎새들의
한바탕 춤사위인 것을

저 퇴락한 시간 위에 내리는 섧은 빗물
허허로운 눈물인 것을

빌딩의 알몸 사이에 내리는 흐느낌
그 붉은 욕정인 것을
삶이란

넘어지고, 자빠라지던,
옹치고, 쳐나가고, 토하고, 취하고,
부수고, 울부짖던, 울고, 마침내 웃던

미치게 휘날리던
미루나무 잎새의
지난한 몸부림인 것을

저 영겁의 강물 속에
수많은 별들의 생명 속에
한 숨의 바람인 것을

마른 나뭇가지에 내리는
가을비인 것을

(1989.10)

어느 수요일

 뒤통수가 뻑적지근하고 골이 띵해 조퇴하고 일찍
나온 2월의 어느 수요일은 잿빛하늘이었다. 터덜거리
는 버스보다, 택시의 횡포보다 차라리 걸어서 지치도
록 걷고 걸어서 나도 모르게 경복궁길가에 이르렀다.
잿빛 하늘은 낮게 내 머리를 짓누르고 아스팔트는
퇴색한 권태를 토해 놓는다.

 어느 화랑에 들어서면 젊은 화가의 초췌한 모습과
긴 머리를 풀어놓은 혼돈의 비구상이 벽에 걸려 신
음하고, 허황한 화가의 수상경력이 담배연기로 그림
에 박힌다.
 하여 저 흩어진 정념, 쏟아 논 내 젊음의 방황이
흐트러지고 소용돌이치는 비구상의 일상은 언제나
나를 묶고 엮어왔다. 허황된 화가의 눈을 뒤로하고
작은 이층 카페에서 건방진 초이스 커피를 마시며
88박하담배를 오랜만에 피워 물면 첫 미팅 때의 조
여들던 초조감으로 빠져들고 옆자리의 아가씨를 보
며 약손가락의 반지를 빼어 호주머니에 넣는다.

담배연기와 함께 내 살은 원을 그리며 커지다 안
개로 사라지고, 내 뼈는 보케리니의 쳄발로 속에서
뒤엉킨다. 뼈와 살이 뒤섞이고 시간과 공간이 뒤섞이
고 머리카락끼리 여자들끼리 코미디언과 독재자끼리
뒤엉키는 호모에이즈!

　퇴락한 지식과 잿빛 노동의 대가, 내 누님의 흐느낌.
　섞이고 뒤채이는 소용돌이의 시대
　원색보다 순수보다 흑과 백의 뒤엉킴만 가득한,
비웃음과 침묵만 가득한 잿빛의 거리를 헤쳐 돌아오
는 저녁 하늘에 노란 황금빛 칼날의 초승달에 내 가
슴이 꽂힌다.

(1989.2.15)

소리

파란 하늘에 제트기
하얗게 춤추고
우뚝 솟은 건물을
반듯이 받치고 기둥은 서고

그 위에 비둘기
두 마리
놀고 있다

죽어 숨을 거둔 잔디 위에
햇살은 북을 두드리며
승리하고

구구구
구구구구, … …
비둘기 소리만 따스한 봄바람에
조올고 있다.

(1978.2)

無等山

얼마나 육중한 슬픔이냐
희부옇게 수줍어
얼굴도 못 내놓고

너는 얼마나 커다란 슬픔으로
융기하는 것이냐?

기묘한 현상도 없이
호화찬란한 사치도 없이
번쩍이는 교만도 간직하지도 못하고
이브의 혓바닥도 없는 채로
얼마나 무거운 설움으로
너는 태어나는 것이냐?

살결을 뚫고 튀어 나올 듯한
정욕(情慾)을 흙빛으로 감추고
얼마나 뭉툭한 원시(原始)로
태어나는 것이냐?

타는 듯한 정념(情念)을 숨기고
푸른 절망(絶望)을 감추고
미친 듯한 사랑을 숲으로 두르고

눈보라 비바람
산새소리 노루소리 바람소리 사람소리
소리, 아우성 소리에

한 마리 낙타처럼
얼마나 무서운 무감각이냐?
얼마나 깊은 침묵이냐?

태양의 작열과 돌풍과 오아시스에
얼마나 어두운 흑암이냐?

울부짖는 역사의 폭풍에
짓흐르는 젊음의 핏물에
얼마나 서러운 맹목(盲目)이냐?

(1978.2.22)

사랑은

사랑은 바람이지요
내 머릿결에 스치는 그대의 작은 호흡이에요

사랑은 햇살이지요
그대의 눈망울에 빛나는 생명이에요

사랑은 고운 호수이지요
그대의 깊은 마음처럼 영롱하게 비추네요

사랑은 한 송이 꽃이지요
기쁨과 법열로 뛰쳐오르는 환희예요

사랑은 저 밤하늘의 별빛이지요
내 오래 기다림의 저편에서 형형히 빛나 나를 바
라보는
그대의 맑은 눈빛이에요

사랑은 작은 시냇물이지요
그대의 소란거리는 달콤한 얘기이지요

모든 근심을 실어 가버리는 한줄기 희망이에요

사랑은 한 마리 종달새요 기러기이지요
봄날을 지저귀며 즐거이 노래하는 종달새,
한없이 우리의 꿈을 높이 고양시키는 한 떼의 기
러기이에요

사랑은 큰 산이지요
모든 나무와 풀과 새를 품고 넉넉히 기다리며,
나의 오랜 방황과 좌절까지도 늘 지키고 품어 주는
큰 산이에요

사랑은 넓은 바다이지요
영겁을 서걱이며 뒤채이되 말없이 침잠하는
용서의 바다이지요.
모든 강물을 포용하고
번뇌와 미움과 슬픔까지 품는 대양이지요

진달래

어디쯤일까
내 기억의 저 어디쯤에서
햇살 눈부시게 비추고
종다리 힘차게 솟아오를 때

진달래
연분홍 진달래
바람에 하늘거리며
온 산에 불타고 있을까

다리에 힘줄 생기도록
힘차게 논두렁을
달리며, 달리며
냉이와 민들레의 밭길을 뛰놀 때

아버지 나뭇짐 위에
빠알간 진달래 꽂고
힘차게 걸어오실까

어머니 냉수사발 들고 나가 맞으시며
햇살가득 진달래 웃음 웃으시던
봄날은 불타고 있을까

자란 후 눈물과 정한의 두견새 되어
젊은 순수와 열정의 분노 되어
설렘과 기다림 되어

영취산 어디
수유리 어디, 화왕산 어디
망향의 노래 되어 울리고 있을까

장년의 내게는
아직도
영원한 고향의 뒷동산으로
어머니의 환한 미소로
주름 생기는 아내의 연분홍 웃음으로
피어나고 있을까

의사(醫師) 지바고

눈이 내린다
소리지르며 아우성치며
눈보라가 치닫는다

2월의 마지막 날
오늘에
영겁처럼 눈이 내린다
시베리아 깊숙이
눈이 내린다

닥터 지바고(Dr. Zhivago)!
한 위대한 지식인
거대한 저항아
눈보라처럼 밀려오는 이데올로기의 외침 속에서도
의연하게 서있는
한 그루 침엽수

순간마다에서
詩를 발견하고

눈에는 애수와 정의가 불타는

그 애애한 백설의 대지여
황량한 무언의 산하여
꽃피어 만발한 낭만의 평야여

늑대 떼들 울어대는
겨울의 공포 속에
외로이 피어나는
위대한 영혼
거룩한 시어(詩語)들

인간은 어디서나
성실하게 살 것이다

환상 속의 또냐*
눈물과 더없는 감사를
자아내는 라라의 테마
흐느끼는 소리

겨울의 소리
사랑의 노래

* 지바고의 아내 이름

가을 하늘

미루나무가 바람에 흔들리고 있다
파란 잔디에 누워
하늘을 본다

하늘은 커다란 눈망울로
나를 내려다본다
하늘은 그녀의 눈이며
그녀의 뒤꿈치이며
그녀의 손바닥이다

지친 바람이 휘돌아간 하늘에는
텅 빈 술병 하나 뒹굴고 있다

샤갈이 놀다 가고
여인의 좁은 어깨 너머로
흰 구름이 헤엄친다

산 위에 걸린 바이올린에서
작은 선율이 눈물로 흐르고

서늘한 바람에서
매미가 조올고 있다

(1980.9.29)

전등사에서

멀리 보이는 바다
일망무제로 트인 산하
산성

산정에 피는 한 송이 들국화
바람

나의 머리칼에 스미는
저 태평양의 계절풍

경운기 소리
신작로
허허로움

(1980.10.1)

生命의 詩

풀을 자른다
나무를 자른다
돌을 깎는다
젊음을 깎는다
시간을 자른다

한없이 잘리워진
나의 팔
나의 다리
나의 머리칼

깊숙이 스며드는 통증 속으로
난도질당한 나의 육신
뽑히는 나의 머리칼
붉어지는 나의 살갗

풀이 쌓인다
나무가 쌓인다
돌이 쌓인다

팔이 쌓인다
젊음이 쌓인다
시간이 쌓인다

풀이 썩는다
나무가 썩는다
돌이 썩는다
팔이 썩는다
젊음이 썩는다
시간이 썩는다

풀잎 위에 나무 위에
돌 위에
팔 위에
머리칼 위에
젊음 위에 시간 위에
햇살이 쌓인다
폐허 위에 가을이 덮인다

바람만 불어오는 거친 황야를
숨을 헐떡이며 달려온
너의 젊음 위에

만상이 잠든 고요를
작은 울음 하나로 밤을 지키는
풀벌레의 울음으로 채워온
나의 시간 위에
햇살이 내린다
햇살이 쌓인다

난자된 想念의 焦土 위에
들꽃이 핀다

이제 어디서 꿈결같이 날아온
生命 한 마리
自由 한 마리

나비
하얀 나비
너울너울 춤춘다

썩어 거름이 된
팔 다리 머리털 위에

들꽃이 핀다
나비가 춤을 춘다

다시 꽃피기 위해
다시 춤추기 위해
나락 질곡 유리 방황에서
다시 노래하기 위해

햇살이 내린다
햇살이 쌓인다
하얗게 표백되는 나의 시간

나의 젊음
나의 생명

태양 끝에서 자라
태양으로 자라는
나의 젊음
나의 생명
나의 시간

(1980.10.9)

가을 바람

바람이 분다
가을 바람이 분다
바다 끝에서 바다 끝으로
하늘 끝에서 하늘 끝으로
가을 바람이 불고 있다

가을 바람이 피부를 파고든다
한없이 패이는
나의 살갗
나의 팔
나의 심장

나뭇잎을 흔들면서
낙엽을 흔들면서
바람이 불고 있다
지칠 줄 모르고 흩날리는
나의 머리칼은
어디를 향해 이토록
나부끼는 것일까

나의 옷까지
나의 팔까지
나의 목까지
날려보내는 바람
가을 바람

어디에도 도착하지 못하는
영원한 방황이여
어디에도 짐풀지 못하는
영원한 도정 (途程) 이여

사하라에서 아라비아까지
창세기에서 계시록까지
사막을 가로질러 비단길을
대양을 넘어 희망봉을

바람이 분다
가을바람이 불고 있다

내 영혼의 뿌리까지 뒤흔드는 돌풍
내 마음의 화산(火山)까지 잠재우는 선율(旋律)
속삭임 울음소리
가녀린 여인의 곡소리

흰옷 입고 황톳길을 가던
선인의 노래 소리
피리소리
가을 달밤에 들리던
가야금 소리
가을 바람 소리

저 바람은 어디로 가는 걸까
나는 어디를 지향하는 것일까
나의 머리칼은 어디로 이토록 가고픈 것일까

나의 옷깃, 나의 팔다리
나의 영혼은

어디로 이토록
떠나고픈 것일까

(1980.10.12)

자화상(自畵像)

알 수 없는 깊은 샘 어느 곳에서 나와
넘쳐흐르는 나의 눈물은
이 밤을 적시는
누구의 아픈 가슴이기에
이리도 가슴 저미는 것일까요

나뭇잎 바서지는 바람결에
뿌리째 뽑혀 흔들리는
나의 머리칼은
어느 황량한 들판을 가고파
이리도 몸부림치는 것일까요

심장의 폭포에서 시원하여
온몸을 적시는 강물로 흐르는
나의 푸른 핏물은
이 방황의 벼랑에 선 나의 실핏줄에
무엇으로 흐르는 짓일까요

마지막 호흡까지로도
최후의 맥박까지로도
가득 채우지 못할
내 생명의 잔은
누구의 슬픈 사랑을 위해
이리도 텅 비워지기만 할까요

생의 어느 모퉁이에서도
한 잔의 작은 술잔에서도
심야를 채우는 붉은 오열에서도
결국에는 허허로이 돌아서는 나의 뒷모습은
누구와의 또 다른 이별을 맞는
떨리는 마음입니까

아무 소리도 없는
적요한 어둠 속에서도
미치도록 치닫는 나의 두 귀는
누구의 가녀린 목소리를 기리기에
이리도 헛될까요

수많은 사람들의 지껄임에서도
화사한 꽃판의 웃음에서도
가슴 속에 스며드는 엷은 미소에서도
마침내
소리 없이 흐르는 눈물의 강은
잿빛의 어느 입장이기에
이리도 무겁습니까

(1980.12.5)

입영전야

그래
이제 떠날 시간이다

우리의 젊음의 시간들을 뒤로하고
또 다른 젊음을 향해 떠나야 할 시간이다

다가오는 저 열차의 기적 소리에
우리의 젊음이 한 단계 뛰어 오르는 것을 보느냐
벗이여

두 손을 잡으며 놓지 못하는
우리의 우정을 쓸어 담으며
그리운 얼굴들, 다시 보고플 시간들
흔들리는 잎새 사이에 어리는
어머니

기적 소리
이것이 끝이 아니라 더 큰 시작이라 하노니
껍질이 깨지는 아픔이더냐

날기 위해
더 높이 날기 위해
꽃피우기 위해, 열매 맺기 위해

연병장 나팔소리
기상소리, 취침 나팔소리
내 인생의 가장 순수한 시간들
낙엽들, 이등병의 편지 한 장

(2006.9)

대기병(待機兵) 막사(幕舍)에서

영하의 겨울에도 추위를 잊은
대기병의 허름한 옷깃으로
햇살이 비친다

어머니와 고향을
애인과 친지를 두고
전방의 타지에서 멀리서만
남쪽을 본다

사랑과 이별의 영욕의
세월을 먼 옛날로 두고
이제는 춥고 외로운
쫄다구 이등병

눈과 귀는 따스한 고향을 그리며
사유(思惟)와 이유(理由)가 없는 조직 속에서
상상(想像)의 파랑새는 날지 못한다

눈보라 속에도 마음은
봄 사월의 흐드러진 진달래를 보며
분단된 철책 앞에
민족의 얼어붙은 상흔을 본다

간다 간다 포병학교
간다 간다 1368
간다 간다 6707

너는 남으로 나는 북으로
앞에는 먹구름과 눈보라만 있을지라도
간다 간다 육군 이병
자대(自隊)를 간다

저속한 노래도 풍요한 사유도
모두 우리는 푸른 옷
피끓는 젊음은 조국에 바쳐
불타는 이상은 민족에 심어

너는 빠다 먹는 카츄샤
나는 좆뺑이치는 일빵빵

세월의 흐름을 기다리며
간다 간다
육군이병 자대(自隊)를 간다

(1981.12.3)

겨울 황혼에

벗은 나뭇가지에 걸린 까치집 위로
어둠이 온다

붉은 칼로 산이 하늘을 가르면
어둠은 산을 앞세우고 길을 떠난다

산골에 나지막이 안개가 끼고
조촐한 농가에 불이 켜진다

어둠은 말갛게 내 육신을 씻으며
내 육신은 하나씩
벗은 나무가 된다

마침내 앙상히 드러난
몸뚱아리를 뒤흔들며 파닥이는
내 영혼의 푸른 날개

어디쯤에선가 산새가 울면
무거운 짐으로 누운 산에

별이 내린다

아무리 걸어도 제자리에 돌아온
내 청춘의 검은 산은
오늘도 무겁게 하늘 끝에 눕고

나는 오늘도 무겁게 황혼을 보며
두 눈을 부라린다

(1982.1)

석 양

슬픔은 기쁨보다 힘세다

우리의 해질녘
붉은 노을은
아침 여명보다 아름다우니

더 허허롭고
더 힘있는 것이니

저 멧새의 날개 짓 더 힘차게
둥지를 향하고

우리의 웃음
우리의 눈물
우리의 미소
우리의 너털웃음

저 처마 밑에 울고 있는
길 잃은 아이의 눈물 더 아름다우니

더 쓸쓸하노니

우리의 삶의 어느 구석에
오히려 빛나는 저 어두움
그 깊은 해원, 노을빛 웃음

(2006.10)

시험장

책상에 펼쳐진
문제와 답안지에
시선이 머문다

살아온 시간과
내가 바쳐온 젊음과
땀과 눈물을
여기에 쏟아야 한다

긴 방황의 시간
불면의 밤과 새벽을
내 인생의 흰 백지 위에
그려야 한다

얼마였을까
외로움에 치 떨리던 시간

언제였을까
그리움에 가위눌린

내 좁은 공간의 닫힌 문

내 삶의 문제에는
항상 답안지가 곁에 있으리니
기다림은 늘 그대의 뽀얀 볼에
빛나는 장미이려니
진한 눈물에 늘 붉은 능금의 결실이리니

문제와 백지에 오가는
빛나는 눈동자

흰 백지의 가득한 공허 위에
충일한 답안을 채우리니
시간의 연필이 굴러가며
내 문제의 하루 저녁 해가 넘어간다

잿빛 겨울 황혼

마른 나뭇가지에 바람이 머문다
모두 떠난 벌판에
내 홀로 서 있음은
어느 수인의 퀭한 눈이기에
이다지도 허망한가

내가 세상 끝에 있을 때
그대는 한 아름의 로드리고(Rodrigo)를
안고 왔다

내가 눈물로 머리털을 적실 때
그대는 융단이 되어
나를 감싼다

겨울이 익어가면 봄을 낳듯
그대는 익어갈수록
슬픔을 낳는 아이였다

얼어붙은 산천에 어쩌면 그대는
따스한 봄비로 내게 오는가

새벽별이 떨어지는 겨울밤에
우리가 서로를 안고 있음은
어느 전설의 한 모퉁이기에
이리도 쓸쓸할까

기침을 콜록이며 스카프를 안고
겨울밤은 깊어만 간다.

(1982.1)

훈련소에서

잿빛으로 누르는 하늘 위로
가을이 흐른다
내 잊혀진 옛날이 퇴색한 채
바람에 구르면
어디 머언 곳으로 스러져가는
한 숨의 바람이 숨쉰다.

누추한 외투를 걸치고
보헴이 구름으로 흐르며
내 뼈 속에 잠긴 누런 전설이 되살아난다

나이도 직위도 머리칼로 잘라내고
감상도 사치이고
사랑도 허위인 채
낙엽처럼 울고 지낸 나날들
오늘은 훈련소에서 땀을 흘린다

(1981.11)

봄날에

햇살이 땅을 표백하듯이
내리는 날
나는 한 마리
하얀 나비였지

나는 훨훨 날아오르고
어디론가 가고 있었지

하늘에는 가득 기쁨으로 차 있었고
어디선가 신화처럼
사자가 풀을 먹고 있었지

나는
내가 살아 온 과거를 훨훨 날라서
어느 황금빛 대지 위에
뛰어 놀았지

미래는 바람으로 와
내 머리 곁에 스치고
들판의 햇살은 넘쳐흘렀지

아아
그때 나는 쓰러졌지
님의 나풀거리는
옷자락을 잡으러 뛰어가다가

자꾸만 멀어지는
님을 뒤쫓아
나는 거푸 쓰러지며 달려갔지

꽃잎만
꽃잎만 이마에 쏟아지며
쥐어짜면 흘러내릴 듯
햇살에 젖어
햇살에 젖어

(1982.3)

2부

아우라지강

아우라지강

구봉과 구곡의 산맥들의 외침이
사위에 그득하다

수많은 세월을
지키고 서 있는
저 산들

수억만의 시간과
수천만의 사연들을

골 깊이 흘러 보내는
아우라지강

거기 쏟아져 내린
수억만의 별로 강가에 쌓인
돌 돌 돌들……

때로 잠들고
때로 힘차게 농울치는

이 강의 돌멩이들

각자의 시간으로
각자의 인생으로, 운명으로

아름다운 별빛의 화음을 연주하는
아우라지강의 억만 수석들

당신의 모습인가
젊은 날 가슴조이며
밤새 울던
당신의 아름다운 뒷모습인가

영겁의 저편에서 와
산정에서 바다 끝까지
긴 노을빛 춤으로 흐를
아우라지의 물길이여 대답하라

여기 긴 시간
그대는 누구를 기다리고 있는가
누구를 만나러 흘러가는가

여기 한 별로 반짝이고 있는가

가을 단장

붉게 물든 가을 산으로
낮게 흐르는 농가의 저녁연기
내 가슴에 와 닿아
밤 꿈이 된다

내 어린 시절이 물러앉은 산 위로
여름의 마지막 햇살이 내리고
잊혀진 옛사람의 얼굴이
노을에 탄다

모두들 떠나버린 텅 빈 가을 들판
들새도 날아오지 않는데
외로운 허수아비는 누구를 기다리는
나의 마음일까

윤곽을 드러내는 저녁 산 끝에서
한줄기 바람이 일고
달빛에 손 흔드는 갈대만
누구와 이별하고 있을까

(1982.10)

첫 눈

자욱한 안개 속으로
산은 어둠을 헤엄치고
만상이 잠든 고요 속에
수없이 내려 쌓이는
잠적의 편린들

내가 살아온 이십여 생의
발자국으로 물러앉은 설원에
또다시 눈이 내린다

태워야 할 시간도
미친 듯이 달리고픈 대지도
아직도 아득한
생의 강물 위로
화안히 밝아오는
여명의 푸른 날개

내리고 싶다
일상의 옷이 되어버린

권태를 벗고
너와 함께 한없이
낙하하고 싶다.

(1982.12)

세모의 거리

모든 것이 죽은 거리 위로
젊은 핏물이 흐른다
모두가 구멍 뚫린 가슴을 하고
가득 채울 무엇을 찾아 헤매인다

결국
허파에 깊숙이 바람만 담고
잿빛 썩은 바람만 안고
뚫린 구멍으로 돌아오는
술 취한 길

욕망은 욕망을 부르고
피는 피를 부르고
침을 흘리는 황구

장미도 시들고
라일락도 꺾어진
퇴락의 강물 위로
실버벨이 울린다

속죄양처럼 흐느낀다

누렇게 쌓인 시간의 무덤 위에
흰 눈이 쌓인다
아득한 산 끝에서
아득한 시간 끝에서

서서히 부활하는
수많은 시간의 상흔
하나씩 내 얼굴에
궤적으로 사라진다

한없이 난도질당한 시간 위로
허우적대며 헤엄쳐 온
누런 시간의 강물

꽃보라
꽃보라

(1982.12)

개구리

조용히 잠든 대지 위에
그것은
흥건한 노래판이다
왁자한 술판이다

울어대는 개구리소리

내 어린 유년의
아스라한 보랏빛 산등성이다
한여름밤의 휘황한
별춤이다

시골 논에 흐드러진
자운영 꽃이다.

(1983.5)

더러는 우리 헤어집시다

잎새에 소살대는
바람으로 만났으니
더러는 우리 헤어집시다

애잔한 몸부림으로
타는 갈증으로
나부낄 때는
더러는 우리 헤어집시다

하늘로만 치솟던 꽃가루처럼
절벽으로만 낙하하던 물보라처럼
머나 멀리
헤어집시다

잎 진 광야에 북풍이 몰아치고
새벽안개의 자지러진 웃음으로
남을 바에야
차라리
헤어집시다

아주 멀리
아주 깊이
아주 높이

질경이, 씀바귀, 오소리, 다람쥐의 어린 시절도
헤어집시다

세월은 가고 오는 것
사랑은 갈수록 가슴 저미고
웃음은 거품처럼 허접스런 것

세월의 뒷길로 바람이 불고
한없이
꽃비가 내릴 때면
모든 것은 다시
태어난답니다
뒷걸음친 발자국도 돌아온답니다

가지 끝에 매달려
몸살나듯 나부끼는
잎새로 흔들릴 때면

더러는
우리
헤어집시다

하늘로만 치솟는
꽃가루처럼
머나 멀리
우리 헤어집시다.

(1983.4)

우요일(雨曜日)

오늘은 비가 옵니다
산 끝에서
산 끝으로
비가 내립니다

하늘 가득히 잿빛으로
비가 옵니다

우리의 머리카락이 내립니다
눈물이 내립니다
젊음이 내립니다

시간이 휘돌아간 언덕배기로
구름이 모이더니

오늘은
조용히 비가 옵니다
회한이 내립니다
돌아서는 발자국에 내립니다

그리운 시간이 내립니다
빨간 그리움이 내립니다.

(1983.6)

진혼곡(鎭魂曲)
— KAL 007기 사건 위령제에

한 송이 꽃을 드립니다
한 다발의 눈물을 바칩니다
한 움큼의 피의 맹세를 바칩니다

불러도 돌아오지 않을
울부짖어도 들리지 않을
저 망망한 바다에
우리 모두 오열을 드립니다

영겁으로 서걱이는 바다 위로
저 푸른 하늘 끝으로
온 인류의 평화와 생명을 위해
산화하신 님들이시여

당신의 피로
당신의 마지막 울부짖음으로
온 우주에 한 생명의 존귀를 전율케 하신
님이시여

한 올의 머리카락도 없이
한 자락의 옷깃도 없이
한 방울의 눈물도 없이
한 송이 꽃으로 불타버린
님들의 넋이여

여기
우리의 작은 손을 모았습니다
우리의 적은 눈물을 모았습니다
끓어오르는 분노를 모았습니다

하늘보다 큰 님들의 분노 앞에
바다보다 깊은 님들의 恨 앞에
여기 우리들의 분노의 활화산을 모았습니다

목이 찢어지게 외쳐도
온 몸이 떨어지게 오열해도
돌아오지 못할 메아리로 스러져 가신
님들이여

망망한 대양에 물보라로 진 꽃이기에
허망한 밤하늘의 눈물로 사위어간 별이기에

마지막 한 방울의 바닷물이라도 병에 담아
가슴에 꼭 품고야 말 님이시여
넋이시여

고이 잠드소서
고이 잠드소서

영원히
우리는 잊지 않을 겁니다
절대로 우리는 용서하지 않을 겁니다

님들의 마지막 그 처연한 비명을
심장의 마지막 고동으로 남긴 님들의 피 값을
그 유가족들의 절통한 눈물을

우리는 일어설 겁니다
우리는 뛰어갈 겁니다
우리는 비상할 겁니다

님들의 순연한 피 값으로
님들의 숭고한 생명의 값으로

세계의 정상으로
우리의 힘을 기를 겁니다
우리의 자리를 굳게 지킬 겁니다
우리의 정신을 일깨울 겁니다

힘으로 양심을 죽인
힘으로 평화를 격추시킨
힘으로 생명을 떨어뜨린 놈들의 야만 앞에

힘으로 양심을 일깨우고
힘으로 지키며
힘으로 생명을 키워나가기 위해

우리는 잊지 않을 겁니다
우리는 힘을 기를 겁니다
우리는 잠든 민족혼에 불을 지필 겁니다
세계 최강의 나라가 될 겁니다

여기 우리의 작은 손을 모아
한 송이 꽃을 바칩니다
한 다발의 눈물을 바칩니다
우리 모두의 피의 맹세를 바칩니다

님들이시여
고이 잠드소서
고이 잠드소서

(1983.9.10)

조용히 비가 내리면

아득히 머언 곳에서
작은 웃음으로
작은 눈물로
휘날리다가

조그만 소리로
조그만 몸짓으로
춤추다가 춤을 추다가

조용히
너는 내리는구나
하늘 가득히

내 가슴에
내 알몸에
내 눈물에

아련히 스러지는
슬프디 슬픈 우리들의 유년은

작은 목마의 노랫소리로
남아 있고

잿빛 하늘가로
오늘도 조용히
비가 내린다

어디쯤일까
언제였을까

우리가 두 손을 마주 잡은 곳은
두 손을 나풀거리며
나뭇잎으로 우리가 헤어질 때는

비 내리는 들판 위로
세월은 바람처 흘러가고

어두워지는 거리 위로
나의 회한도

나의 청춘도
소용돌이쳐 흘러가고

어디에도 없는
너의 모습을 찾아
오늘도 저리 비는 내리는데

근원 모를 눈물은
오늘도 저리 내리어 고이는데

(1984.7)

선인장

스미는 바람도 없이
흐르는 눈물도 없이

소리도 없이
노래도 없이

언제나
저만치 조용히 침묵(沈默)하는

열사(熱沙)의 햇볕 아래
치 떨리는 고독(孤獨)의 심연(深淵) 속에
한 방울의 위안도 없는

극한(極限)의 목마름 속에

노래도 없이
소리도 없이

안으로 안으로
살 속으로
뼛속으로

노래하는 가녀린 E선
소리 없는 흐느낌
그윽한 노래

어찌하리아
열사보다 메마른
마른 나무보다 외로운

사람 속에
도회(都會) 속에
아 어찌하리아

안으로만 노래하는 인고(忍苦)
안으로만 꽃피우는 기다림

잎도 없이
꽃도 없이

나나히 알몸으로 맞서
마침내 앙상한 가시로 항거하는

너의 침묵(沈默)
너의 노래
너의 아름다운 슬픔

(1987)

박관현

돌아갈 수 없을까
새들 울음 우는 불갑산 시골길 위로
흙먼지 날리며 걸어볼 수 없을까

삼복의 더운 날 찢어지는 햇살로
몸살나듯 나부끼는 바람으로

다시 설 수 있을까
저 횃불야학의 어린 얼굴들 앞에
그 순수한 영혼 앞에

마주 앉으리
뽑히는 어둠으로
저 영욕의 그늘로

비록 내 어둠 속에 잠들지라도
저 구곡의 혼으로 흩어질지라도

내 잊지 않으리
내 사랑
저 외치는 외침
친구들의 쓸쓸한 웃음

금남로의 꽃이파리들
내 사랑 자운영 꽃잎들

(1987)

오늘처럼 조용히 비가 내리면

도회의 한가운데로
오늘처럼 조용히 비가 내리면
어느 바닷가 모래밭을 거닐며
나는
바다 저편 아즈러진 물새들과
잠기어 가는 섬들의 전설을 듣는다

오늘처럼 조용히 비가 내리면
나는
어느 송림 호숫길을 걸으며 걸으며
섧디 섧은 내 수묵색 유년의 꿈을 되뇌인다

머리카락 사이로
흩날리는 나의 외투자락 사이로
못 견디게 못 견디게
너의 상념이 스며들 때면

어느 황허한 들판의 벗은 나무로
나는

바람과 마주 앉으리

유기된 내 젊음의 세월들이
하나씩 하나씩
내 얼굴의 가느다란 냇물로 흐를 때
막다른 고독의 벼랑에서
한 마리 까마귀 날아오를 때

나는 가리
저 조용한 빗물이 다다르는 곳으로
나나히 내리어
폐혈관 깊숙이 파고드는
저 말없는 침묵 속으로
저 가없는 침잠 속으로

벗은 미루나무

풍성하던 잎새들 흙으로 내려놓고
오늘은
바람에 말갛게 씻기우며
벗은 미루나무
홀로 서 있다

잿빛 구름과 하늘이
오히려 위안인 채로

하늘을 향해
많은 가지와 줄기를
뻗쳐 올리며
바람에 흔들리고 있다

예쁘게 빗어낸
여인의 고운 머릿결로
나부끼고 있다

풍성했던 산발한 머릿결보다
정갈하게 씻어 빗기운
그대의 머릿결에

세월이 가고
물결이 일고
곁으로
겨울새 날아간다

저 멀리 있는 다른 나무에
손짓하며 흔들리며
춤추며 노래하며
찬바람과 노닐고 있다

매서운 추위와
춤추고 있다

어머니

내 영혼이 짓찢겨 하늘을 헤매다 돌아와
나래 젖는 마지막 고향
어머니

낯선 땅 끝 어디에서도
뇌리의 한가운데 있는
영원한 이름
어머니

고독의 극한 심연에서도
좌절의 검은 수렁에서도
횃불로 떠오르는
마지막 희망
어머니

어머니 나는 이 한밤에
내 동공의 가득한 호수 속에서
당신을 봅니다

내 눈물의 넘치는 샘물 속에서
솟아오르는 붉은 진주
거기에 비쳐 오르는 오색 무지개를 봅니다

어머니
어머니 당신은 지금 어디에 계십니까
붉게 자지러진 황혼 속에서 무엇하고 계십니까

스산한 꿈 속을 헤매다 돌아와
고이 잠든 어머니 품속
눈뜨면 허망히 바스라지는 새벽빛

말갛게 벗은 나목 사이로도
훤히 보이는 내 고향
어머니 얼굴

나의 이십여 평생을 키워 온
눈물어린 간구와 오도

바로 그것이었습니다
내가 세상 끝 절망의 나락에서 만났던
마지막 구원은
내 고향 어머니
바로 당신이었습니다

너는 나에게 무엇이 되기에

저 까아만 어둠 속에서
너는 나에게 무엇이 되기에
한없이
별빛으로 별빛으로
나를 내려다보는 것이냐

그 눈물어린 눈망울로
내려다보는 것이냐

내가 나를 잃어버려
마지막 걸친 속옷까지 버릴 때
다시 찾을 수 없는 절연의 벼랑에 선
나에게
권태와 절망의 나락에 선 나에게
너는 무엇이기에
아슴한 달빛으로 내리는 것이냐

내 가슴 깊숙이
내 뼈마디마디에

내리는 것이냐

모든 것이 떠나버린
텅 빈 황야를 타는 목으로 헐떡이며 달려온
나에게
너는 무엇이기에
한줄기 소낙비로 적시는 것이냐

젊음도 가고 사랑도 가고
바람을 잡으려는 잎새처럼
모든 것은 허허롭고

생은 어느 폐허 위에 내리는
저녁 햇살처럼 스사로운 것

너는 나에게 무엇이 되기에
한 숨의 바람으로 이리도 내 가슴에
파고드는 것이냐

어머니 생각

파아란 하늘 높맑고
흰 구름 떠노는
낙엽 붉게 물들어 뒹구는 계절에
가을바람으로 가셨나요

혼곤한 잠에서 깨어
먼저 찾던 이름
달려가 만지작거리던
당신의 앞치마 옷고름

흙 묻은 손 옷에 털으시며
번쩍 안아주시던
힘찬 젊으신 어머니
아름다운 당신

저 하늘가 구름으로
푸른 깊은 호수 바람으로
다시 오시는가요

화사한 가을 햇살로
오곡 위에 내리시나요

흰 늦가을 달
길모퉁이를 고요히 비치시나요

내 손금에 흐르는
강물로 남으신
내 눈가의 아침이슬로 피어오르신
당신의 아름다우신 얼굴

깊은 믿음과 기도
오롯한 사랑과 기다림

오늘 다시 당신의 텅 빈 하늘에
가을바람이 이내요

넬슨 만델라

검은 것은 흰 것이다
흰 것은 검은 것이다

내 갇힘의 스무 일곱 해
해도 달도 부당하게 뜨고
햇살도 휘어져 들어오는
내 갇힌 공간

차이를 차별하는 본성의 인간에
자유를

차이를 뛰어넘는 일치를
온 몸에, 온 감방에 가득 채워

흘려 쏟아 낸
또 하나의 햇살
또 하나의 달빛
그리고 희망의 화살 하나

덩실덩실 춤추는 검은 빛
흥얼흥얼 노래하는 흰 빛

옳음을 위해 마지막 숨결까지
화해를 위해 마지막 맥박까지

용기와 실천과 사랑과

마침내
검은 것은 흰 것이다
흰 것은 검은 것이다

타루초*

바람에 흩날리노니
너의 염원의
너의 사랑의 휘날림으로
저 티벳의 고원 위에서
저 호수를 바라보며 휘날리노니

그대의 염원, 그대의 사랑
빨강 파랑 노랑의 빛깔로 흔들리고
나부끼노니

너는 저 산의 영원만큼이나
오래 오래 빛나거라
저 호수의 깊음처럼
깊고 푸르거라

오체투지로 이루어 가는
염원과 소원과
네 득도의 험한 길

어어이 어어이
슬프고 곤하지 아니한가
어어이 어어이
즐겁고 기쁘지 아니한가

저 설산의 밝음으로
저 나부끼는 타루초 염원으로

결국에 독수리의 부리에 실려
하늘로 날아오르리
하늘의 궁극의 뜻을 찾아
솟아오르리

타루초 휘날리네
휘날리네

* 타루초: 히말라야 티벳지역에서 염원을 적어 나무 끝에 줄로
  메달아 놓은 여러 색깔의 천이나 헝겊조각들

타루초

파도, 정동진

저 새벽을 달려온
어둠을 뚫고
빛을 향해 달려온
정동진의 새벽 파도

저 멀리서
분노의 갈기를
곧추 세우고
달려와, 달려와

잔잔히 평화로 부셔지는 새벽 파도

저 대양의 바람과 맞서
한과 질투의 갈기를 곧추 세우고

불꽃을 피워 올려, 피워 올려

잊지 않으리
뼈에 새기리

내 분노, 내 한과 꿈

마침내
조용한 용서로 침잠하는
정동진의 새벽 파도

표적을 향해 곧추 달려와서도
자기를 낮추며
모두를 낮추며, 침잠시키며
용서하는

저 정동진의 새벽 파도

휘황한 여명으로 피어오른다

(2003.1.15)

단풍, 낙엽

눈부시게 흐드러진 그대여
불타고 이글거리는
냉철함으로
잎새로
펄럭이는 그대여

젊은 날의 고뇌와 열정과
사랑과 기다림과
정염에 불타던 애증의 그림자여

어느 산사 길모퉁이에
흩뿌려진
그대의 붉은 얼굴빛이여
우리의 젊음 뒤편을 돌아
여기저기 뒹구는
작은 기억들, 편린들, 우리들의 여린 모습들

바람에 흩날리는가
나부끼며, 흔들리며, 서걱이는가

나부끼며, 흔들리며, 서걱이는가

손을 흔들며 손짓하며 뛰어오는가
딩구는 그대여
아름다운 노오란 얼굴이여
빠알간 젖가슴이여

(2003.11)

고속열차

흔들리며 달리는 고속 열차 속으로
내 청춘이 흐르네
내 청춘의 핏속을 달리는 새벽의 고속열차

(2006.2)

빗 물

쏟아지는 빗물 속에 흘러가는 시간들
슬픔이 우산 끝에 머물다 가네

(2004.7.16)

3부

이슬비 내리는 가을 저녁은

이슬비 내리는 가을 저녁은

허허로이 바람처럼
어디론가 가고픈 날들이 있다

어딘가
안개 숲 자지러진
안개무덤을 헤집고
기억을 더듬어

어딘가 나의 젊은 날의 편린들이
흩어진 거리를
찾고 싶은 날들이 있다

이슬비 내리는 가을 저녁은

하얀 눈 펑펑 쏟아지던
내 유년의 날에
이렇게 섧은 비만 내리는 가을 저녁에는
모든 것을 버리고
떠나고픈 날들이 있다

어느 적요한 바다 끝
잔물결로 소살대던 그대의 눈웃음으로
처연한 이별로 다가오던 회색의 외침도
푸쉬킨의 총소리로 잊어버리고픈
기억이 있다

허허로이 구름처럼
떠나고픈 날들이 있다

겨울 안개 짓피어오른
숲의 유혹 속으로
헤엄쳐 가고픈 날들이 있다

이슬비 내리는 가을 저녁은

(1989.1)

달라이 라마

하늘의 고향
땅의 지붕 티벳에
만년설로 태어난 독수리

휘어이 휘어이
바람을 타고 산을 올라
저 히말라야를 올라

산이 되고
눈이 되고
바람이 되고

혼이 되고,
기다림이 된 그대여

폭력과 불의의 눈(眼)은
차별과 전쟁은 가라

오랜 기다림과 이웃 사랑과 비폭력과

풍장(風葬)의 이슬로
조장(鳥葬)의 바람으로
한 마리 독수리로 날아오르리
저 허공으로
저 우주로 날아 오르리

그대의 한과
기다림과 비폭력과
사랑과 지성으로

날아 오르리
더 빛난 내일을 향해
한 마리 독수리로
한 모퉁이의 햇살로

(2005.10.29)

나무와 산 되어, 우리 하나 되어

그대 한 그루 나무
나 한 그루 나무

소나무, 잣나무, 오리나무
참나무, 물푸레나무, 대나무

우리 모두 각자의 모습과 향기로
하늘을 우러르고, 자라고, 꽃피우고, 열매 맺노니

서로 어울리고, 합하여 작은 숲 되고
더 큰 숲 되고, 작은 산 되고

작은 산은 모여 큰 산이 되고
산들은 서로 연락하고, 동조하고, 협력하고
조화하고, 하나 되어 산맥을 이루노니

그대와 나 그리고 우리

하나님의 기업으로, 가정으로, 서로 돕고 하나 되어
나무 되고 숲 되고, 산 되고
산맥이 되리

지리산, 한라산, 태백산, 주왕산, 팔공산, 무등산,
백두산 되리
맥킨리, 아쿤카코아, 마나슬루, 아라랏, 킬리만자로,
에베레스트 되리

알프스 되어, 록키 되어, 안데스 되어, 히말라야 되어
하늘을 우러르고
하나님을 찬양하리

서로 연결하고, 협력하고, 사랑으로 하나 되어
세상을 푸르게 지구를 맑게 하리
우주를 하나님의 영광으로 채우리

그대 한 그루 나무, 나 한 그루 나무

숲 되어, 산 되어, 산맥 되어
하나 되어 세상을 변화시키는 푸른 바람 되리
파란 물결 되리, 숲 되리

(2007.1)

나무처럼

있는 듯 없는 듯
거기 그대로

잎 피듯 잎 지듯
거기 그대로

구름 흐르고
바람 머물고
달빛 춤추면

언제나 거기
그대로 서걱이는

어느 내 유년의
내 어머니의 웃음과
거기 그대로

잎으로 꽃으로
오호 열매로 뿌리로

낙엽과 눈가지로
거기 그대로

햇살과 내 어깨 팔다리로
여기 이렇게

겨울 이야기, 알라스카

겨울에는 저 툰드라의 갈색 곰이 되어
뱃속 깊이 물고기 채워 넣고 긴 잠을 자리
살을 에는 북극의 바람도 억길 얼음의 산맥도
너의 두툼한 털의 깊은 어둠을 뚫지 못하리.

영하의 차거운 물 속, 그 엄연한 추위도
북빙양을 누비는 네 깊은 자유함의 유영을 막지
못하리

긴 시간 억겁의 시간 동안 잠들어 움직이지 않는
저 얼음산의 곤고한 기다림도
눈 위로 파고드는 찬바람도
네 깊은 회의와 한 작은 초록 불빛을 흔들지 못하리

풀도 잠들지 못하고 겨우내 깨어 있는 이 불면의
땅에
만상이 얼어 곧추선 절연의 심연에
너 홀로 휘어이 휘어이 흔들거리는 것이냐
냉연의 바닷물 속을 헤엄치는 것이냐

잠이 삶이고 죽음이 잠인
북극곰의 깊은 동면으로 잠들어 가는 것이냐
얼어붙은 동토에 너의 치 떨리는 외로움을
무지개로 피워올리는 것이냐
한여름에 긴 꿈처럼 꽃피는 것이냐

(2005.7)

슬픔은 나의 힘

쓸쓸한 노을은 나의 노래
폐사 뒤안길에 흐르는 맑은 물은
나의 눈물

내 슬픔은 나의 노래
슬픔은 내 깊은 속의 강물에서
힘을 길어 올려
나를 달리게 한다.

내 유년의 추운 겨울과
어지럼과 배고픔
서녘의 먹구름은
나의 눈물이며 나의 힘이다

슬픔은 내 혼의 찌꺼기를 씻어내고
교만과 허위를 털어내고

심연의 명징한 순수를 길어 올려
깊은 이별을 불러 올려

나를 깨우고
날아오르게 한다

집 없는 아이의 거친 손과 맑은 눈동자는
아침 풀잎 위의 이슬에 내리는 햇살은
피켈 혼자 들고 외치는 그대의 슬픈 눈은

우리의 작은 눈물이다
우리의 힘이다

가을 들판

누우런 황금빛으로 바뀐
가을 들판에 바람이 인다

또 한 해를 뜨거운 햇살과
넘쳐흐르는 땀과 눈물의 시간을
우리는 보냈다

저기 누우런 결실로
붉은 결실로
그득 우리의 들판을 채웠다

비바람이었으리
눈보라 치는 어느 겨울이었으리
뙤약볕의 어느 여름이었으리
어느 봄비 내리는 깊은 밤이었으리

우리가 만나고
씨 뿌리고 땀 흘리던
이 한 몸뚱아리

우리의 자식들 같은
이 내 한 공간
이 내 한 숨과 한 맥박을 키워

여기 누우런 보람으로
빠알간 열매로
오롯이 키워온

내 한 해의
내 한 생의
또 하나의 가을들판이리
누우런 황금들판이리어니

막히는 차도

붉은 꽃을 피우고
길게 늘어선 개미떼

나와 같이
같은 방향을 가는
긴 여행의 동행자

외로움에 갇힌 동반자

나무가 푸르러지고
다시 누레지고
잎 지고 가을과 겨울이 오고

긴 기다림의 시간
긴 사랑의 기다림에
푸른 하늘 위로 구름이 흐르듯

오늘도 길을 간다

아이들과 아내와
연인과 친구와

저 바람 끝에, 길가에
뿌리째 흔들리는 풀잎으로

몸살나듯 나부끼는 잎새로

막힌 길을 간다
더듬으며
느릿 느릿

빨간 자전거

네가 뒤돌아보며
천천히 달리던
빨간 자전거

초여름 꽃들 만개한 들판
담을 따라 피어난
노오란, 빠알간 꽃들 사이를 달리던
너의 작은 빨간 자전거

너의 유년의 오후에 내리던
화사한 햇살과 예쁜 그림자

돌아와 혼곤한 너의 잠 속에
피어난 꽃동산, 꽃대궐
아름다운 꿈
노니는 꽃사슴들

이후 비 내리는 날에도
언제나 꿈 속에 달리는

꽃들의 성찬
거기 피어나는 너의 아름다운 유년

광복 기념 음악회

우리는 그대를
저 밤하늘에 터지는 폭발이라 한다

광복의 외침과 터져 나오는
환희와 쏟아짐이라 한다

압제와 구속의 암흑에서
터져 나오는
빛의 합창이라 한다.

베토벤 7번의 3악장의
열정과 자유의 노래라 한다
36년의 비인간의 시간을 되돌리는
단절과 해원이라 한다

힘찬 드럼을 치는 그대여
빠른 플루우트의 선율이여
일치된 바이올린의 군무여
완만한 더블베이스의 저음이여

우리는 그대를 자유라 한다
힘찬 비상이라 한다
사랑이라 한다.

벌개미취*

흔들며 흔들며 바람을 흔들며
흔들리며 흔들리며 바람에 흔들리며

뻗쳐 뻗쳐 손을 뻗쳐 하늘에
연보라 연보라 얼굴을 디밀어 디밀어

올려 보내네 파아란 하늘에 올려 보내네

벗들아 우리 함께 어울려
함께 노래하여 연보라 세상 만들자

하양보다 검정보다 빨강보다
나는야 보라가 좋아
연보라 세상이 나는 좋아

벗들아 모여라 함께 노래하자

강변이어도 좋아라
산속이어도 좋아라
들판이어도 좋아라

햇볕 타는 대낮에도, 별빛 솟아나는 한밤에도
우리는 함께 노래하네
정답게 춤추네

고요한 별빛을
눈부신 파란 하늘을
벌과 개미와 새와 바람과 함께

(2007.8.16)

*벌개미취는 가을들판에 모여 피는 보랏빛 들꽃임

내린천

깊은 산 속 깊이 흐르는 맑은 물
매미소리 새소리 산들 바람

숲 속에 우리 모여 자연을 나누고
삶과 생각을 나누고
씻어내며 비우며 물과 바람에 씻기우며

어린 우리를 찾는다 물장구치며 물장구치며
벗은 나, 벗겨진 우리, 한 줌 흙 될 나
혼의 나, 육체의 나, 욕심의 나
욕정의 나, 정염의 나
분노와 교만의 나

퇴폐와 허영의 나
자폐와 위선의 나

씻어버린다 흘려보낸다 저 내린천의 빠른 물살에
소용돌이치는 급류에 떠내려가 버린 내 슬리퍼처럼

흘려보낸다 씻어보낸다
사이렌의 거센 소용돌이 울돌목의 용솟음으로
뒤엎고 부수고 자빠뜨리고 넘어뜨린다
빠른 물살로 급류로
내린천으로
내린천 되어

(2008.8.13)

리릭 테너 최승원

저 아름다운 소렌토의 언덕
베수비오 화산의 저녁노을처럼
붉게 물든 그대의 고운 노래

나폴리 오가는 유람선에
머리채를 뽑듯이 흩뿌리는 바람이여 바다여
내 머릿결 내 혼까지 뒤흔드는
그대 그대의 노래
혼의 노래 영혼의 울림이여

지금은 꽃이 아니어도 좋아라
저 들에 핀 잡초 그 밑에 핀 쑥부쟁이
그 여린 잎새 여도 좋아라
거기 어린 작은 아침이슬이어도 좋아라
비버리 힐스의 아름다운 할머니여도 좋아라

조금은 외로워도
조금은 불편해도
아니 많이 아프고 절룩거려도 좋아라

내게 그가 함께하시니
내 영혼에 그분과 함께하시니
내 노래에 감동하는 그대 함께하시니

심금을 울리고 혼을 흔들며 주를 찬양하리

육체의 가시를 내게 간직케 하시며
내 온 몸의 찬양을 내 몸의 온전하심으로
내 부족함으로도 그분을 찬양케 하시니

놀라우신 그의 섭리
찬양하리 그의 사랑

(2007.8.11)

결혼

우리는 서로를 받는다
부족한 대로
연약한 대로
자기중심적인 대로

아름다운 그대
건강한 그대
덜 아름다울지 모를 그대
아플지 모를 그대

서로를 받아들인다
서로 사랑한다

우리의 길을 함께 걸으며
서로를 인정하고
사랑한다

앙코르 왓트 사원

푸른 숲과 나무들 사이
오랜 돌과 이끼에 쌓인
많은 전설들

선신과 악신들이
줄다리기하는
오랜 석상과 거기 숨쉬는
인간의 애욕과 애증의 세월들

권력과 전쟁과
명예와 굴욕의 세월을 담은
장엄한 부조와 상징물들
시바와 비쉬누와

우주 탄생의 설화를 담은 고색창연한 신화의 성
전설의 돌탑들

수리아왕과 아들
쟈야바르만과 혁명

이민족과 투쟁의 역사에
오롯이 빛나고 있는 숲의 신비
명예와 사랑의 표징들

지옥과 지상을 거쳐
천상의 세계에 올라
저 멀리 뵈는 숲과 물과 하늘과
거기 빛나는 바라문의 세계

원형은 세월과 외세에 헐려지고
석상의 머리들은 잘려나가고
오욕의 역사를 지고
앙코르 왓트는 물 위에 든든히 서 있다

천국에 가면

내 만나리 다시 만나리
천국에 가면
예수님 하나님 아담 노아 모세
할아버지 할머니 부모님
이모님 고모님 형제자매 친지

먼저 가신 형님들 누님들
내 어린시절의 친구들

못 이룬 사랑의 얼굴들
느헤미아 다윗 욥 사무엘
내가 좋아하는 호머 단테 섹스피어
이순신 괴테 굴원 이백 두보
지용 백범 소월 영랑 미당

내 만나리 다시 만나리
내 어린 유년의 나와
젊은 방황의 나와 아름다운 그대와

꽃이 만발한 눈물 없는 곳
온갖 새들 노래하고
온갖 나비, 그윽한 향기 그득한 곳

기쁨과 섬김과 사랑이 만개한 에덴에 가면
내 만나리 다시 만나리
그리운 사람
그리운 얼굴

단테의 피렌체

피렌체는 강남의 어느 비싼
카페의 이름으로 존재했네

붉은 벽돌과 고급 샹들리에에
조용히 깔리는 음악의 도시
빛바랜 천재들의 도시

퇴색하여 더 아름다운 도로와
돌길과 벗은 나무들 사이로
어느 시대의 성곽 같은 망루에 종소리 들리고

베아트리체 오 베아트리체
여인이여 구원의 여인이여
한눈에 멀게 한 붉은 영혼이여

내 여기 한 돌로 영원히 남아

그대 기다리노니
그대 그리워하노니

성당의 한 돌로 남아
관석(棺石)으로 남아

내 혼의 새벽별이여
내 사랑은 내 생명보다 강하니
내 기다림은 죽음보다 붉으니

그보다 땀내 풍기며 침 흘리던
채찍에 맞아 쓰러졌을
그때의 모습들이
환생하여 청바지 걸치고 달리고 있네

(2007.3)

함께 내리는 비

비는 함께 내린다

저 높은 구름 위에서
함께 노닐다

바람을 만나고
바다를 만나고 서로 어우러져
운우의 정으로
비가 내린다

혼자 내리는 것은
비가 아니다

비는 함께 내린다
작은 물방울이 모여
작은 눈물이 모여
비는 정념이며
비는 눈물이며 비는 피다

비는 함께 내리는 혼이다

넘실대는 강물

강물은 현재를 달린다
넘실대며 출렁이며
시간을 씻어내며
우리의 퇴색한 날들을 씻어낸다

소용돌이치며
급하게 돌아
강둑을 넘치며 도도히

휘돌아 가는
시간의 저편에서 이편으로

우리의 유년과
아버지의 유년이
맞닿아 서로 흐르고 씻어내고

흙탕물 되어 흐르고 흐르면
맑은 강으로 또다시 흐르리니

넘실대는 강물은
더러운 우리의 기억들을 소각한다

우리 생의 어느 강 저편
미지의 땅으로 이끄는 물길은
이편의 내 혈관 내 눈물이러니

모든 것을 덮고 쓸어
모든 것을 깨우고 일으키는
넘치는 욕정, 넘치는 분노
애착과 슬픔까지도
저편에 다다르게 하는

넘치는 넘쳐서 메말라 버리는
너의 꿈 너의 죄 새로 피는 너의 꽃 눈물

(2006.7.20)

매일 이별하며 사는

가을 잎새들 가지를 떠나며
아름다운 포물선을 긋는다

푸른 하늘 저편
저 창공의 하늘 저 너머에
그리운 내 님
아름다운 사랑 있으리

꽃과 이별하는 잎
바람과 이별하는 풀잎
깊은 호수면과 이별하는 가을바람
어머니의 뱃속 깊은 고향과
고고의 소리를 내며 이별하며
이 땅을 만나니

내 입 속을 거쳐 뒤로 이별하는
수많은 생명들 몸짓들

그 이별로
그 눈물로
그 기다림으로 내 여기 있노니

이별은
떠나는 것
이별은 다시 오는 것

마른 잎새 새순 돋듯이
다시 영겁회귀로
돌아오는 것 돌아가는 것

할머니와 막동이

풀잎 덥수룩하고
자갈 듬성듬성 흩어진 시골길을

허리 굽혀진 할머니
외로이 가신다

뒷짐 끼고 몸뻬이에 슬리퍼 신고
어디 멀지 않는 길 나선다
흰 머릿결 햇볕에 바래고
깊은 주름 달빛에 그을려

뒤돌아보는 할머니 시선에
작은 막동이 꼬리를 세우고 따라간다

할머니 발자국 따라
노을진 햇살 따라
할머니 그림자 되어 누런 막동이 계속 걸어간다

할머니 그림자 되어
할머니 노래 되어
시골 자갈길을 걸어간다

달빛을 귀에 달랑거리며……
할머니 발소리에 하나 되어
할머니 내음과 하나 되어

(2006.10)

光州

광주는 서울이 아니다
광주는 부산이 아니다
그리고
광주는 경기도가 아니다

아침마다 산모퉁이 위로
해는 떠오르고
갈색과 회색의 누르칙칙한 배색을 하고
무등산이 솟아오른다
한번 솟은 산은
또다시 무너지지 않는다

산은 어둠을 주위에 감고
구슬프게 이별을 주위에 감고
구슬프게 이별을 노래하며
해를 죽음의 곳으로 보낸다

수많은 애련이 있고
연민이 있는 거리

눈물이 흘러 충장로에 흐르고
술주정꾼의 노래가 황금동에 메아리치면
무등산은 죽음에서 해를 불러들인다

누가 잔뜩 오기 서린 곳이라 했던가
저렇게 애스러이
강물 되어 한(恨)이 흐르는데

계림동에서는 타는 곰장어 냄새가 나고
대인동에서는 누우런 잠자리 냄새가 난다

금남로는 禁男路(금남로)이다
지껄여서는 안되는 거리이다

(1978.2.8)

베토벤 교향곡 7번

열중한 눈
흔들리며 솟구치는 몸
노래, 선율

흔들리는 머릿결
목관악기의 섬세하고 가녀린

왼쪽의 따스한 햇살과 아름다운 음악과 새소리와
향기와
오른쪽의 혼돈과 흑암과 뇌성과 천둥과

속으로 관통하는 빛, 새소리
광명과 환희의 영원과 찰나의

암벽의 소리, 깊은 사막의 소리
웅혼한 오랜 침묵 속의 두터운 노래

춤추는 지휘자 마에스트로
떨리는 손과 손가락과 지휘봉

머리, 발, 허리,
바이올린과 첼로의 대결과 조화

음과 양
조화와 혼돈
대양과 사막
산맥과 해연

서로 다른 불협화음이
섞이고 뒤채이며 조화되며

마침내 아름다운
오! 그대 한 마리 갈매기

그의 날쌘 비상
밀려오는 파도, 멈춰 선 암벽
조화 되어 춤추는
어우러져 노래하는 꿈

(2006.7.21)

반가워요, 김 시인님. 첫 시집 출간을 축하드립니다. 골든 이어 마운틴(*golden ear mountain*)을 좋아하시나요, 많이 가보셨나요. 밴쿠버의 모든 것은 그대로 있고 김 시인을 기다리나 봅니다. 우리 집에서 스카이트레인 타러 가는 패터슨, 킹스웨이를 건너면 벚꽃 덤불 꽃숲이 되는데, 꽃이 피면서부터 거의 지고 난 지금도 최고, 최고로 아름답지요. 그 길을 지나다니면서 시를 생각하기도 하고, 기도를 올리기도 하고, 생각나는 사람들 그리워하기도 하고 그러네요.

보내주신 봄 편지, 너무 반가워서 정다운 메일 보내드립니다. 잊은 듯 사람 사는 게 다 그렇게 분주해서 잠시가 되고 오래가 되곤 하지요. 정말 잊지 않고 생각해주셔 너무 고맙답니다.

나의 시를 써야 하는 시심(詩心)은 다 어디로 갔
는지 이제는 보이지 않아 정말 괴롭답니다. 그래도
나는 시인이어서 시를 쓸 것이며 시를 사랑할 것이
라는 사실에는 변함이 없다는 것 하나가 불문율처럼
나를 버티게 하는 힘인가 봅니다.

우리가 서로 잊음 없이 산다는 것이 이렇게 좋은
기분이 되는 것을 감사해 합니다. 4월 1일에도 만우
절 거짓말처럼 여기에는 한나절 눈이 내렸고 겨울이
못 가고 추위를 퍼부어 아직도 겨울 비슷한 코트를
입어야 한답니다. 재미있는 곳 서울에서 늘 재미있게
사시기 바라면서 안녕을 드립니다.

김 영 주

전 캐나다 한인문학가협회 회장으로 시집 《사랑이 무어라 알기도 전
에》, 《바다 건너 시동네》(3인시집) 등이 있으며, 필자에게 늦은 문학
의 길을 열어주셔서 늘 감사드리며, e메일의 일부를 편집하여 싣는다.

긴 시간의 강물이 흘러가고 있습니다. 아득한 안개 너머 산 속 어느 샘에서 시원하여 길고 먼 산과 들을 건너 시내를 이루고 강을 이룹니다. 강은 여러 강물과 만나고 어울리며 함께 바다로 향합니다. 할아버지와 할머니의 구수한 이야기와 부모님의 사랑 어린 말소리에 우리의 유년은 흘러 도시로 타향으로 출발하고 떠나며 강물처럼 다시 만나게 됩니다.

부족한 시편들을 예쁘게 보아주신 원로시인 이성부 선생님께 깊은 감사를 드립니다. 진지하고 치열하신, 그리고 삶의 깊은 아름다움을 노래하신 선생님의 시에 감동하고 경성하게 됩니다. 오랜 옛날의 치기와 방황의 시간들까지 담은 일부 시들이 이울어진 꽃잎처럼 오늘의 나와 서먹해졌더라도 어쩔 수 없는 나일 거라 생각합니다.

인생의 신산을 겪고 돌아와 어둠 속에서 실낙원을

완성한 밀턴처럼 옹골찬 정신으로 늘 깨어 깊은 우물에 두레박을 내리려 합니다. 길지 않은 외국의 외로운 생활에서 어린 날 피워 올린 시심을 주워 모아 오랜 망설임을 펼쳐봅니다.

눈 덮인 시베리아와 자작나무 사이에서 빛나던 지바고의 눈빛이고 싶습니다. 라임 오렌지나무의 벗 제제와 어느 별에서 온 어린왕자처럼 늘 꿈과 함께 살며, 여유로운 산과 숲일 수는 없을까, 넉넉한 바다는 어떨까 생각해 봅니다.

건강과 생명 주신 하나님과 낳고 길러 주신 부모님께 감사드립니다. 늘 돌봐주시는 형님과 누나와 동생께 감사드리며, 아내와 아이들에게 고마움을 전합니다.

김 홍 섭 金弘燮

▪ 학 력

성균관대 경영학과 졸업
서울대 대학원 경영학 석사
성균관대 대학원 경영학 박사

▪ 경 력

Canada Trinity Western Univ. 초빙교수
한국해양수산개발원(KMI) 부연구위원
교통연구원 · 국토연구원 · 인천발전연구원 연구자문
국토해양부 · 교육인적자원부 민자(재정) 평가위원
대한상사중재원 상사중재인, CBMC인천연합회 부회장
한국항만경제학회 회장, 대한경영학회 상임이사
기독학문연구회 부회장, 기경원(KOCAM) 편집위원장
건군 34주년 기념 전우신문 시 당선
5월 문예상 수상〔세계한인문학가협회 · 중앙일보(벤쿠버) 주관〕
신인문학상 수상(월간 문학세계)
계간 〈시세계〉, 월간 〈문학세계〉에 시 발표
세계문인협회 회원, 캐나다 한인문협 회원
현재 인천대 교수

▪ 저서 및 역서

《히트경영전략》(공저)

《히트상품, 히트경영》(한국표준협회)

《최고 경영자 예수》(*JESUS CEO*, 공역)

《분노로부터의 자유》(*The Anger trap*, 공역)